CVL
4/07

Primera edición en inglés: 2006
Primera edición en español: 2006

Browne, Anthony
    Ramón Preocupón / Anthony Browne ; trad. de
Teresa Mlawer. – México : FCE, 2006
    32 p. : ilus. ; 27 x 25 cm .—(Colec. Los Especiales
de A la orilla del Viento)
    Título original Silly Billy
    ISBN 968-16-8079-0

    1. Literatura Infantil I. Mlawer, Teresa, tr.
II. Ser. III. t.

LC PZ7   Dewey 808.068 B262r

Distribución mundial para lengua española

Comentarios y sugerencias:
librosparaninos@fondodeculturaeconomica.com
www.fondodeculturaeconomica.com
Tel. (55)5449-1871 Fax (55)5227-4640

cfe Empresa certificada ISO 9001:2000

Coordinación editorial: Miriam Martínez y Marisol Ruiz Monter
Traducción: Teresa Mlawer
Cuidado editorial: Obsidiana Granados Herrera
Formación: Paola Álvarez Baldit

© 2006 del texto y las ilustraciones: Anthony Browne
Publicado por acuerdo con Walker Books Limited, London SE11 5HJ

D.R. © 2006, Fondo de Cultura Económica
Carr. Picacho-Ajusco, 227; 14200, México, D.F.

ISBN 968-16-8079-0

Impreso en China / *Printed in China*
Tiraje: 11 000 ejemplares

RAMÓN
PREOCUPÓN

Anthony Browne

LOS ESPECIALES DE
A la orilla del viento
FONDO DE CULTURA ECONÓMICA
MÉXICO

WELD LIBRARY DISTRICT
Greeley, CO 80634-6632

Ramón era
un preocupón.

Le
preocupaban
muchas
cosas...

Se preocupaba por los **sombreros**.

Y se preocupaba por los **zapatos**.

Ramón se preocupaba por las **nubes**,

por la **lluvia**

y por los **pájaros enormes**.

Su papá trataba de ayudarlo:
—No te preocupes, hijo —le decía—.
Esas cosas sólo suceden
en tu imaginación.

Su mamá también lo tranquilizaba:

—No te angusties, mi amor —le decía—.
No permitiremos
que nada te suceda.

Pero aún así, Ramón seguía preocupado.

Lo peor era dormir fuera de casa. Una noche tuvo que quedarse en la de su abuela, pero no podía conciliar el sueño. Estaba demasiado preocupado. Aunque se sintió un poco tonto, se levantó a contárselo a su abuela.

—No te apures, cariño —le dijo ella—.
Cuando yo tenía tu edad, también me preocupaba
por todo. Tengo justo lo que necesitas.

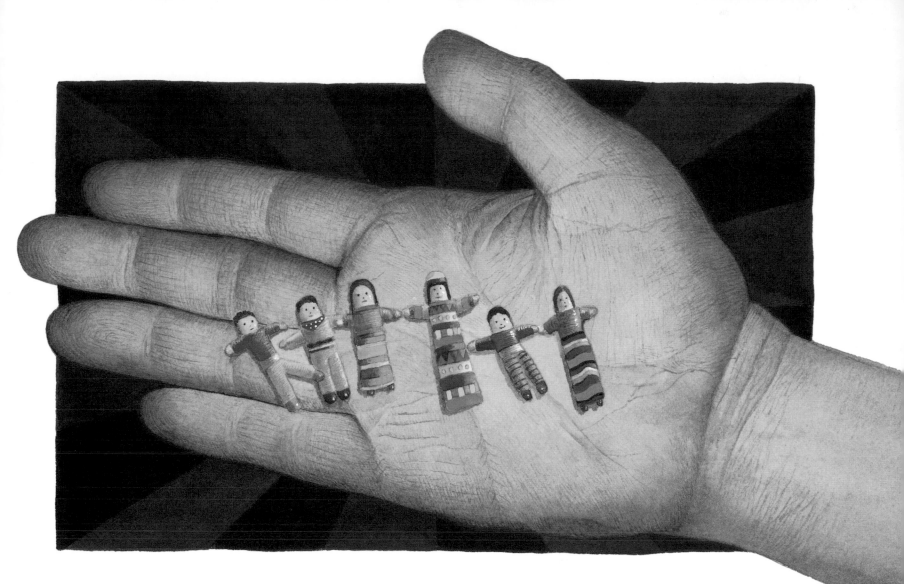

Y fue por algo a su habitación.
—Estos muñecos se llaman "quitapesares"
—le explicó—. Sólo tienes que contarles
tus preocupaciones y guardarlos debajo
de la almohada. Mientras tú duermes,
ellos se preocuparán por ti.

Ramón siguió las indicaciones
de su abuela y durmió
como un lirón.

A la mañana siguiente, Ramón regresó a
su casa. Por la noche volvió a contar sus pesares
a los muñecos, y durmió como un tronco.

La noche siguiente, Ramón durmió
muy bien, y la siguiente, también.

Pero la cuarta noche, Ramón empezó a **preocuparse** nuevamente.

No podía dejar de pensar en los muñecos.
Les había cargado todas sus

preocupaciones.

No era justo.

Por la mañana,
Ramón tuvo
una idea.
Se pasó todo
el día trabajando
en la mesa de
la cocina.

Era algo difícil
y tuvo que repetirlo
varias veces,
hasta que al fin
lo logró...

¡Muñecos "quitapesares" para sus muñecos "quitapesares"!

Esa noche TODO EL MUNDO durmió bien.
Ramón y todos los muñecos.

Desde entonces,
Ramón ya no es
tan preocupón.

Tampoco sus amigos,
pues Ramón hizo
muñecos "quitapesares"
para TODOS ellos.

Muñecos quitapesares. Hace algún tiempo, los niños de Guatemala empezaron a hacer los muñequitos "quitapesares" para contarles sus penas o preocupaciones a cada uno de ellos antes de colocarlos debajo de la almohada a la hora de dormir. Creían que al despertar estarían menos preocupados pues los muñecos se habrían llevado todas sus penas mientras dormían. Los "quitapesares" están hechos de pequeños trozos de madera, retazos de tela e hilo.

Todavía los niños de Guatemala creen en el poder de los "quitapesares". Esta tradición se ha extendido a todo el mundo, sobre todo a Centro y Sudamérica.